Friends!

獻給第一天當小學生的 _____

繪本 0222

陶樂蒂的開學日

作者｜陶樂蒂
繪者｜陶樂蒂、黃郁欽
前後扉頁插畫｜李俐瑩 Sophie Li-Ying Lee
責任編輯｜陳毓書　美術設計｜林家蓁　行銷企劃｜王予農、林思妤

天下雜誌群創辦人｜殷允芃　董事長兼執行長｜何琦瑜
媒體暨產品事業群
總經理｜游玉雪　副總經理｜林彥傑　總編輯｜林欣靜
行銷總監｜林育菁　副總監｜蔡忠琦　版權主任｜何晨瑋、黃微真

出版者｜親子天下股份有限公司　地址｜台北市 104 建國北路一段 96 號 4 樓
電話｜（02）2509-2800　傳真｜（02）2509-2462　網址｜www.parenting.com.tw
讀者服務專線｜（02）2662-0332　　週一～週五：09:00~17:30
讀者服務傳真｜（02）2662-6048　客服信箱｜parenting@cw.com.tw
法律顧問｜台英國際商務法律事務所‧羅明通律師　　製版印刷｜中原造像股份有限公司
總經銷｜大和圖書有限公司　電話：（02）8990-2588
出版日期｜2018 年 8 月第一版第一次印行
　　　　　2024 年 9 月第一版第十四次印行
定價｜300 元　書號｜BKKP0222P　ISBN｜978-957-9095-80-8（精裝）

訂購服務
親子天下 Shopping｜shopping.parenting.com.tw
海外‧大量訂購｜parenting@cw.com.tw
書香花園｜台北市建國北路二段 6 巷 11 號　電話（02）2506-1635
劃撥帳號｜50331356 親子天下股份有限公司

立即購買 >

陶樂蒂的開學日

文 陶樂蒂　圖 陶樂蒂・黃郁欽

今天是開學日，
校長先生笑咪咪的說：
「從今天開始，你們就是
小學生了，大家要好好相處喔！」

「我不要上學！我不要上學！」
史帝夫哭哭啼啼的拉著媽媽的裙子，
口齒不清的叫著，
他哭得好大聲。

詹姆士看到人就露出滿口缺牙，
得意的說：「你要不要吃糖啊？」

陸易斯有兩條粗粗的眉毛，看起來很凶的樣子，可是我跌倒的時候，他是第一個扶我起來的人。

艾ᵈ德ᵈ華ʰᵘᵃ留ˡⁱᵘ著ᵈᵉ 一ʸ頭ᵗᵒᵘ漂ᵖⁱᵃᵒ亮ˡⁱᵃⁿᵍ的ᵈᵉ 捲ʲᵘᵃⁿ髮ᶠᵃ，
他ᵗᵃ說ˢʰᵘᵒ英ʸⁱⁿᵍ國ᵍᵘᵒ的ᵈᵉ 小ˣⁱᵃᵒ孩ʰᵃⁱ都ᵈᵒᵘ是ˢʰ這ᶻʰᵉ樣ʸᵃⁿᵍ的ᵈᵉ。

安東尼的鼻涕像果凍一樣掛在鼻子上，一下吸進去，一下又流出來！

捲捲頭的辛希雅，有著可愛的雀斑，
她說她是全世界最美麗的公主，
還說要賣給我金色的捲髮，
一根兩塊錢。

莫莉都不說話，只是靜靜的微笑著，
不知道她喜歡唱歌？還是喜歡跳舞？

蘇珊娜戴著可愛的髮夾，她說：
「我可以站在你旁邊嗎？」
真高興，我有第一個好朋友了！

馬克的頭上有三根翹翹的頭髮，
有點好笑，可是一回頭，
啊……怎麼又是馬克？
原來，那是馬丁，
馬克的雙胞胎弟弟。
吼！仔細看，他們一點都不像！

「愛哭鬼！嗚嗚嗚……」
杜魯多最討厭了，愛亂說話，
害得史帝夫越哭越大聲，真的很討厭。

甄妮有隻叫珍妮的狗，她問：
「我來上學了，我的珍妮怎麼辦？」

費ㄈㄟ、利ㄌㄧ、普ㄆㄨ、連ㄌㄧㄢ、上ㄕㄤ、課ㄎㄜ、都ㄉㄡ、帶ㄉㄞ、著ㄓㄜ、寵ㄔㄨㄥ、物ㄨ、，
他ㄊㄚ、的ㄉㄜ、寵ㄔㄨㄥ、物ㄨ、是ㄕ、一ㄧ、隻ㄓ、叫ㄐㄧㄠ、做ㄗㄨㄛ、阿ㄚ、鐵ㄊㄧㄝ、的ㄉㄜ、甲ㄐㄧㄚ、蟲ㄔㄨㄥ、，
看ㄎㄢ、起ㄑㄧ、來ㄌㄞ、很ㄏㄣ、有ㄧㄡ、趣ㄑㄩ、。

「可ㄎㄜˇ以ㄧˇ給ㄍㄟˇ我ㄨㄛˇ吃ㄔ一ㄧ口ㄎㄡˇ嗎ㄇㄚ？」
朱ㄓㄨ尼ㄋㄧˊ爾ㄦˇ看ㄎㄢˋ著ㄓㄜ˙大ㄉㄚˋ家ㄐㄧㄚ的ㄉㄜ˙便ㄅㄧㄢˋ當ㄉㄤ這ㄓㄜˋ麼ㄇㄜ˙說ㄕㄨㄛ。
從ㄘㄨㄥˊ進ㄐㄧㄣˋ學ㄒㄩㄝˊ校ㄒㄧㄠˋ開ㄎㄞ始ㄕˇ，他ㄊㄚ就ㄐㄧㄡˋ一ㄧ直ㄓˊ想ㄒㄧㄤˇ要ㄧㄠˋ吃ㄔ便ㄅㄧㄢˋ當ㄉㄤ，
結ㄐㄧㄝˊ果ㄍㄨㄛˇ，還ㄏㄞˊ沒ㄇㄟˊ到ㄉㄠˋ午ㄨˇ餐ㄘㄢ時ㄕˊ間ㄐㄧㄢ，
便ㄅㄧㄢˋ當ㄉㄤ就ㄐㄧㄡˋ吃ㄔ光ㄍㄨㄤ光ㄍㄨㄤ了ㄌㄜ˙！

「各位小朋友，明天不要忘記來上學喔！
現在收拾書包，我們要準備放學了！」
美麗的梅琪老師溫柔的說。

還有我，還有我！
我是陶樂蒂，從今天起，
希望和大家成為好朋友。

校長先生

史帝夫

詹姆士

莫莉

陸易斯

費利普

辛希雅

安東尼